KB176695

꿈속 저 먼 곳
남당이주사

꿈속 저 먼 곳

남당이주사南唐二主詞

[南唐] 李璟 · 李煜 지음

권용호 · 윤희순 옮김

역락

▌일러두기▐

01 본서는 왕중원(王仲聞) 교정(校訂)의 ≪남당이주사전주(南唐二主詞箋注)≫(中華書局, 2014)에 의거하여 이경의 사 4수와 이욱의 사 34편을 번역 수록하였다. 다만 작품의 배열순서는 잔안타이(詹安泰) 교주(校注)의 ≪이경이욱사교주(李璟李煜詞校注)≫(上海古籍出版社, 2015)를 참고했다.

02 원문과 주석을 수록하여 역문과 대조하여 이해할 수 있도록 하였다.

03 번역문은 원문에서 크게 벗어나지 않는 부분에서 해석하려고 노력했으나 어떤 부분은 충분한 이해를 돕기 위해 알기 쉽게 풀어놓기도 했다.

04 본서에서 참고한 문헌은 다음과 같다.

(1) 高蘭·孟祥魯 著, ≪李後主評傳≫, 齊魯書社, 1985.

(2) 吳熊和 著, ≪唐宋詞通論≫, 浙江古籍出版社, 1998.

(3) 王兆鵬 導讀, 田松青 注, ≪恰似一江春水向東流-李煜詞注評≫, 上海古籍出版社, 2012.

(4) 王仲聞 校訂, 陳書良·劉娟 箋注, ≪南唐二主詞箋注≫, 中華書局, 2014.

(5) 詹安泰 校注, ≪李璟李煜詞校注≫, 上海古籍出版社, 2015.

(6) 蔡厚示 主編, ≪李璟李煜詞賞析集≫, 巴蜀書社, 1996.

남당이주사南唐二主詞 해제

1. 남당(南唐 ; 937~975)의 건국과 패망

남당은 오대십국(五代十國 ; 907~960) 시기 지금의 양자강 하류를 기반으로 세워진 나라이다. 남당은 39년 동안 세 명의 황제가 나라를 다스렸다. 초대 황제는 이변(李昪)으로, 역사에서는 그를 선주(先主)라고 부른다. 이경(李璟 ; 916~961)은 2대 황제로 역사에서는 그를 중주(中主)라고 부르며, 그의 아들이자 마지막 황제인 이욱(李煜 ; 937~978)을 역사에서는 후주(後主)라고 부른다. 본서에서 말하는 "이주(二主)"는 바로 이경과 이욱을 말한다.

서기 937년 서지호(徐知誥)는 오(吳)나라의 임금 양부(楊溥)를 폐위시키고 직접 제위에 올라 국호를 대제(大齊)라고 했다. 이 듬해 서지호는 이름을 이변(李昪)으로 바꾸고 국호를 당(唐)으로 고치는데, 역사에서는 이를 당나라와 구분하기 위해 남당이라고 한다. 남당을 세운 이변은 즉위 후 전쟁을 자제하고 백성들의 삶을 안정시키는 정책으로 번영의 기틀을 마련했다. 그의 치세에 남당의 경제는 공전의 번영을 구가했고, 중원의 많은 인재들이 전란을 피해 남당으로 몰려들면서 문화도 번영했다. 승원(昇元) 7년(943) 이변이 세상을 떠나자, 이경(李璟)은

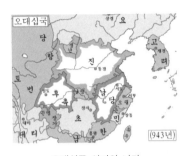

오대십국 시기의 나라
(출처 : http://blog.naver.com/lee1771916)

28세의 나이로 제위에 올랐다. 이경이 즉위했을 무렵 남당은 오월(吳越)과 남방영토를 두고 치열한 전쟁을 벌이고 있었다. 오월은 중원의 나라들과 호응해 남과 북에서 남당을 공격했다. 이경은 오월을 공격하기 위해 보대(保大) 3년(945) 민국(閩國)에 내란이 일어난 틈을 타서 건주(建州)·정주(汀州)·장주(漳州)를 차지하여 민국을 멸망시키고 민왕(閩王) 왕연정(王延政)을 생포하였다. 그러자 오월국도 출병하여 남당과 민국의 땅을 비롯한 복주(福州)까지 차지했다. 보대 7년, 이경은 회북(淮北)의 후진(後晉)·후한(後漢) 교체기를 틈타 황보휘(皇甫暉)를 해주(海州)와 사주(泗州) 등으로 보내 여러 무장 세력과 사방으로 흩어진 유민들을 흡수하였다. 보대 9년에는 마희월(馬希萼)과 마희숭(馬希崇)의 군대가 대치하고 있는 틈을 타서 남초(南楚)를 멸망시켰다. 보대 13년(955)에서 교태(交泰) 원년(958)까지 북쪽의 후주(後周)가 세 차례 남당을 침략했다. 이로 남당은 수세에 몰리게 되었다. 후주 세종(世宗) 시영(柴榮)이 직접 군사를 거느리고 파죽지세로 남하하여 남당군을 궤멸시키고 사주·호주(濠州)·초주(楚州) 등을 점령했다. 이에 이경은 시영에게 글을 올려 태자 홍기(弘冀)에게 양위하고 양자강 이북의 땅을 바칠 것이며 자신은 양자강 이남으로 물러나겠다는 조건을 올린다. 후주의

예봉을 피하기 위해 이경은 홍주(洪州)로 천도하고 남창부(南昌府)라고 이름했다. 이로 남당의 국력은 크게 쇠퇴했다.

송 건륭(建隆) 2년(961) 이경이 세상을 떠났다. 장자 이홍기(李弘冀)는 이미 세상을 떠난 상태였기 때문에 여섯째 아들 이욱이 즉위했다. 이욱이 즉위했을 무렵 남당은 내부적으로 큰 혼란에 직면해 있었다. 남당은 북쪽의 중원지방에서 나는 소금을 구입하기 위해 막대한 자금을 중원의 나라에 지불했다. 이로 인해 국내의 세금을 올리면서 백성들의 원성이 자자했다. 게다가 조정 내부에서는 당쟁이 격화되어 인심은 남당을 떠나고 있었다. 이런 상황에서 이욱은 문학과 서화에는 뛰어난 재능을 보였지만 무너져가는 나라를 구제할 지도력이 없었다. 송은 남한(南漢)을 멸한 후 남당을 삼면에서 포위해 들어왔다. 후주 이욱은 송에게 신하로 자칭하면서도 뒤로는 병력을 양자강 하류지역에 배치하며 송의 침공에 대비하였다. 송 개보(開寶) 7년(974) 9월 조광윤(趙匡胤)은 이욱이 입조하라는 명을 거절했다는 이유로 10여 만의 병력을 보내 남당을 침공했다. 10월 송나라 군사들은 양자강을 넘어 파죽지세로 남당군을 물리쳤다. 개보 8년 3월 송나라 군사들은 금릉성 아래까지 진격했다. 엎친 데 덮친 격으로 6월에는 오월군이 금릉 동쪽의 윤주(潤州)를 함락하여 금릉성은 송군과 오월군의 포위상태에 놓였다. 후주는 다른 지역에 구원을 요청했으나 이미 때가 늦었다. 11월 12일 북송의 대장군 조빈(曹彬)은 삼면에서 성을 공격하였다. 남당의 오천여 병사들은 끝까지 저항했지만 수포로 돌아가고, 결국 27일에 성은 함락되고 이욱은 투항했다. 이로써 남당은 패망하였다.

2. 이백(李白)에 필적하는 이경과 이욱의 사(詞)

10세기 초 중국문학은 당나라의 분열로 시(詩)와 일세를 풍미했던 고문운동(古文運動)이 쇠락의 길을 걷고 있었다. 이 와중에 상대적으로 정국이 안정되고 물자가 풍부했던 양자강 상류의 서촉(西蜀)지역과 하류의 강남지역에서는 사(詞)가 새로운 장르로 발전하기 시작했다. 사란 시보다 격률이 느슨하고 글자 수가 상대적으로 자유로운 형식으로, 시여(詩餘) 혹은 장단구(長短句)라고도 한다. 이 형식은 당나라 중기부터 지어지기 시작하여 오대십국 시기를 거쳐 송나라 때 크게 유행하여 한 시대를 대표하는 문학으로 자리매김했다. 시가 읊는 것이라면 사는 노래하는 성격이 강하다. 따라서 사를 한 마디로 정의하면 노래할 수 있는 시라고 할 수 있다. 사는 길이에 따라 단조(短調 : 58자 이하)·중조(中調 : 59자~90자)·장조(長調 : 91자 이상)로 나눈다. 내용에 따라 몇 개의 편(片)으로 나눠지는데 이것은 오늘날 노래 가사의 절(節)과 비슷하다. 편은 단(段) 혹은 결(闋)이라고도 한다. 편수에 따라 단조(單調 : 1절)·쌍조(雙調 : 2절)·삼첩(三疊 : 3절)·사첩(四疊 : 4절)으로 나눈다. 그리고 매 수의 사에는 음률이 지정된 사패(詞牌)를 두었다. 사패는 음악의 고저(高低)와 장단(長短)에 따라 기쁨·경사 같은 밝은 분위기를 내는 사패도 있고, 슬픔·상심 같은 침울한 분위기를 내는 사패도 있다. 현전하는 사패는 대략 1,000여 개가 된다. 이런 사패들을 묶어놓은 것을 사보(詞譜)라고 한다. 대표적인 작가로는 오대십국 시기의 온정균(溫庭筠)·이욱(李煜) 등이 있고, 송나라 때는 구양수(歐陽修)·유영(柳永)·소식(蘇軾)·주방언(周邦彦)·이청조(李淸照)·신기질(辛棄疾) 등이 있다.

서촉에서는 ≪화간집(花間集)≫의 사 작가들이 중심이 된 서촉사인(西蜀詞人)들이, 강남에서는 풍연사(馮延巳)·이경·이욱이 중심이 된 남당사인(南唐詞人)들이 활발하게 활동했다. 940년 무렵에 나온 ≪화간집≫과 달리 남당사(南唐詞)는 서촉사(西蜀詞)가 크게 지어지기 시작한 후인 950년에서 970년에 집중적으로 지어졌다. 뒤에 기술하겠지만 남당 사는 서촉 사보다 문학사적 성취가 더 뛰어났다. 그중에서도 이경과 이욱의 성취가 뛰어났다. 중국학자 리우위판(劉毓盤)은 이를 ≪사사(詞史)≫에서 이렇게 말한다.

사를 말하는 사람들은 반드시 세 명의 이씨를 말해야 하는데, 당의 이백, 남당의 두 임금과 송의 이청조가 그들이다.
言詞者必首數三李, 謂唐之太白, 南唐之二主及宋之易安也.

이곳의 "남당의 두 임금"이 바로 이경과 이욱을 가리킨다. 이백·이청조와 함께 거론될 정도였으니 이들이 사의 발전에 얼마나 큰 기여를 하였는지 알 수 있다.

3. 이경의 사

남당 중주 이경의 모습

이경은 남당 선주 이변의 장자인 동시에 남당의 중주이자 이욱의 부친이다. 이경은 943년 28세의 나이로 제위에 올랐다. 그는 성격이 유약했고 국정을 제대로 돌보지 않아 부친 이변이 이룩한 태평성세를 잃고 후주(後周)에 구차하게 신하로 복종했다. 그는 군주의 자질은 부족했지만 문학적 재능은 뛰어나 주옥같은 작품을 문학사에 남겼다. 현재 학자들의 고증에 의하면, 그의 사는 4수가 전한다. 이경의 사에는 나라와 백성들에 대한 진지한 성찰과 관심이 반영되어 있다는 점에서 여인들의 용모와 복식만을 묘사한 서촉 사와 달랐다. 청나라 사람 진정작(陳廷焯)은 이를 ≪백우재사화(白雨齋詞話)≫에서 "극도로 가라앉고 답답한 것이 처량하며 끊어지려 한다(沉之至, 鬱之至, 凄然欲絶)."라고 평했다. 실질적으로 일국의 황제로서의 경험이 아니었다면 이런 평가가 나오기 어려웠을 것이다. 그의 사 ≪완계사(浣溪沙)≫ 일부를 보자.

> 꿈에 먼 계새로 갔다
> 가는 빗소리에 돌아와,   細雨夢回雞塞遠,
> 작은 누각에서 마지막 한 곡 다 불고 나니
> 옥 생황마저 촉촉해졌네.   小樓吹徹玉笙寒.

겉으로는 먼 곳에 있는 임을 그리는 내용이지만 실질적으로는 나라를 걱정하는 마음이 드러나 있다. "계새"는 "계록새(雞鹿塞)"로 지금의 섬서성(陝西省) 횡산현(橫山縣) 서쪽이다(일설에는 內蒙古自治區에 있다고도 함). 이곳은 당나라의 건국자 이연(李淵)과 이세민(李世民)이 활동한 곳으로 당나라를 상징하는 의미가 있다. 남당은 이씨 당나라를 회복하는 것을 목표로 삼았을 정도로 당나라에 애착이 강했는데 이경은 꿈속에서 옛 당나라를 생각한 것이다. 그리고 꿈에서 깨어 국력이 날로 쇠락하는 자신의 나라를 생각하며 슬퍼했던 것이다.

여기에 이경의 사는 경물을 이용하여 자신의 감정을 절묘하게 기탁했다. 게다가 그 기탁함이 너무 자연스러워 억지로 꾸민 티가 나타나지 않았다. ≪응천장(應天長)≫ 첫째 단락의 마지막 구절을 보자.

종잡을 수 없는 바람에 꽃마저 떨어지니
이내 마음 서글퍼지네.　　　　　　　惆悵落花風不定.

"꽃 떨어지니(落花)"는 정원 안의 경물을 묘사한 것이지만 여인의 처지가 떨어진 꽃처럼 바닥에 떨어져 보잘것없음을 보여준다. 다음에 이어지는 "종잡을 수 없는 바람(風不定)" 역시 경물을 묘사한 것이지만 종잡을 수 없는 바람처럼 흔들리고 불안해 하는 여인의 심리와 임과의 이별로 어디 기댈 곳 없는 여인의 처지를 말해준다. 이 구절은 여인의 마음이 경물과 교

묘하게 조화를 이루어 표현되고 있는데, 인위적으로 꾸민 티가 전혀 나지 않는다. 때문에 이 구절에 역대 주석가들의 호평이 이어졌다. 특히 청나라 사람 진정작 같은 경우는 ≪운소집(雲韶集)≫(권1)에서 "'풍부정' 세 글자 중에는 얼마나 많은 시름과 원한이 있는가. 알게 모르게 눈에 들어오는 것마다 마음을 아프게 한다. 끝맺을 때는 쓸쓸하고 은근한 것이 원인소곡에도 이런 처량함이 있지만 이런 따뜻함과 완곡함은 없다. 옛 사람들이 이 사를 높이 평가한 이유이다('風不定'三字中, 有多少愁怨, 不禁觸目傷心也. 結筆淒婉, 元人小曲有此淒涼, 無此溫婉. 古人所以爲高)."라고 평했다.

이경의 사는 황제로서 느꼈던 나라와 백성에 대한 고민과 우려에 자신의 문학적 재능과 감수성이 더해져 서촉 사가 가진 한계를 넘었고, 남당 사의 본격적인 발전에 길을 열어주었다. 부친의 사풍을 이어받아 남당사의 발전을 최고도로 끌어올린 인물이 바로 그의 아들 이욱이다.

4. 이욱의 사

이욱은 이경의 여섯 째 아들이자, 10세기 중국문학에서 가장 뛰어난 인물이다. 이욱은 실질적으로 황제의 자리에 오를 인물이 아니었다. 이경의 장자로 가장 큰 형이었던 이홍기(李弘冀)는 태자로서 폭행을 일삼다 부친의 눈 밖에 났다가 돌연 사했고, 나머지 형들도 모두 요절했기 때문이었다. 제위에 오른 이욱은 조부처럼 나라를 이끌 통치력을 보여주지 못했지만 문인으로서는 이백에 버금가는 성취를 거두었다.

남당 후주 이욱의 모습

이욱의 사는 남당의 패망을 기준으로 사의 내용이 극명하게 갈린다. 패망 전의 작품은 사치스런 궁정생활과 황후와의 애정을 묘사한 것이 많다. 특히 이 시기 이욱의 사를 이해하는 데 중요한 것이 황후 대주후(大周后)와 대주후의 동생 소주후(小周后)와의 혼인생활이다. 대주후는 재상 주종(周宗)의 딸 아황(娥皇)으로 후주보다 한 살이 많았다. 사서에 의하면 그녀는 정이 많고 총명했으며 비파를 잘 탔다. 이욱은 18살 때 대주후와 혼인했다. 대주후는 음률에 정통했던 관계로 후주가 지은 사를 연주하여 후주의 큰 칭찬을 받기도 했다. 이것이 후주가 사에 큰 성취를 거둘 수 있었던 원동력이었다. 그러나 이들의 행복했던 혼인생활은 이욱의 나이 28살 때 대주후가 병으로 누우면서 끝이 났다. 후주는 지극정성으로 병을 간호했으나 대주후는 세상을 떠나고 말았다. 이로 그의 사풍은 행복했던 궁정생활을 묘사하던 것에서 처량하고 쓸쓸한 것으로 변했다. 소주후는 바로 대주후의 여동생이다. 언니 대주후가 병이 나자 소주후는 병문안을 핑계로 궁궐을 드나들었는데, 이때 제부 이욱과 은밀한 정을 나누었다. 제2편 ≪일곡주(一斛珠)≫와 제5편 ≪보살만(菩薩蠻)≫이 바로 두 사람이 저녁에 정을 나누는 모습을 묘사한 작품이다. 이욱은 대주후가 세상을 떠나자 소주후를 황후로 맞이한다.

975년 남당이 패망한 후의 사는 나라를 잃은 것에 대한 망국의 한과 지난날의 영화로웠던 시절에 대한 회상이 주류를 이루고 있는데 전기의 사보다 문학성이 뛰어나다. 패망 당시 이욱은 정거사(靜居寺)에서 불경을 읽다가 윗옷을 벗고 굴욕적으로 항복했다. 다음 해 정월 송나라의 수도인 변량(汴梁 ; 지금의 河南省 開封)으로 압송되었다. 송 태조(太祖 ; 960~976)는 명덕루(明德樓)에서 이욱에게 흰 옷을 입히고 오사모(烏紗帽)를 쓰게 하고 죄를 청하게 한 다음 조서를 내려 사면해 주었다. 태조는 그를 우천우위상장군(右千牛衛上將軍)과 위명후(違命侯)에 봉했다. 10월에 송 태조가 죽고 태종(太宗 ; 976~997)이 즉위하자, 이욱을 농서공(隴西公)에 봉했다. 이때 그와 함께 변량으로 압송된 소주후는 태종의 침실로 여러 차례 불려가 욕을 당했는데 이욱의 마음을 더욱 괴롭게 했다. 이욱은 변량으로 압송된 지 3년째 되던 해인 978년 7월 7일, 즉 자신의 생일날에 고국을 생각하는 노래를 불렀다는 것이 송 태종(太宗)의 노기를 자극해 독살되었다. 그의 후기 사는 일국의 군주에서 포로가 된 비참한 심경과 나라를 잃은 비통함 그리고 꿈만 같았던 옛 시절의 회상을 노래한 것이 주류를 이루는데 그 속에 자신의 진솔한 감정을 담았다. 이를 잘 보여주는 제28편 ≪망강남(望江南)≫을 보자.

얼마나 눈물을 흘렸든지,　　　　　多少淚,
두 뺨 타고 턱 아래로 뚝뚝 떨어지네.　　斷臉復橫頤.
근심이 있거든 눈물로 말하지 말고,　心事莫將和淚說,
눈물 흘릴 땐 봉황 생황 불지 마소,　鳳笙休向淚時吹,
애간장 끊어지듯 더 아프니.　　　　斷腸更無疑.

　　다섯 구절에 "눈물(淚)"이 세 차례나 들어가 있으니 그 마음
의 진솔함과 고통의 강도를 잘 알 수 있다. 또 제29편 ≪오야
제(烏夜啼)≫의 일부를 보자.

화장기 어린 눈물,　　　　　　　胭脂淚,
취하지 않으면 볼 수 없으니.　　　留人醉,
언제 다시 만날 수 있을까?　　　　幾時重.
본래 인생의 한이란
동쪽으로 흐르는 긴 강물 같네.　　自是人生長恨水長東.

　　이 작품 역시 망국의 아픔을 진솔하게 표현했다. 특히 마지
막 구절에서 "인생의 한"을 "흐르는 강물"에 비유한 것이 독
자들의 마음을 숙연하게 만들면서 그 표현에 감탄하게 만든
다. 중국학자 리우용지(劉永濟)는 이를 ≪당오대양송사간석(唐五
代兩宋詞簡析)≫에서 "옛 사람은 나라가 망한 후에 지어진 이후
주의 사는 피로 쓰였다고 했다. 이것은 말마다 진실되고 간절
해서 폐부에서 나오고 있음을 말하는 것이다(昔人謂後主亡國後之
詞, 乃以血寫成者, 言其語語眞切出於肺腑也)."라고 했는데, 이욱의 후
기 사의 특징을 잘 보여주는 말이라고 하겠다. 이욱은 이런 고

통스런 상황에서 ≪자야가(子夜歌)≫·≪우미인(虞美人)≫·≪파진자(破陣子)≫ 같은 명편들을 써냈다.

이욱의 사는 부친 이경의 사를 이어받아 규방 여인들의 연정과 이별을 노래한 것에 국한되었던 것을 개인의 상심을 노래해 사의 내용을 한층 더 확대했다. 왕궈웨이(王國維 ; 1877～1927)가 ≪인간사화(人間詞話)≫에서 "사는 이후주에 와서 시야가 넓어지기 시작하고, 감개가 깊어졌으니, 악공들의 사가 변해 문인의 사가 되었다(詞至李後主而眼界始大, 感慨遂深, 遂變伶工之詞而爲士大夫之詞)."라고 했듯이, 이전 악공들이 사를 짓는 것에서 문인들이 본격적으로 사를 창작하는 시대를 열었다는 점에서도 큰 의미를 갖는다. 문인들의 참여로 사는 내용과 형식이 완비되면서 크게 성행하게 된다.

본서는 중국학자 왕중원(王仲聞)의 ≪남당이주사전주(南唐二主詞箋注)≫(중화서국, 2014)의 고증에 따라 이경과 이욱의 작품이 확실한 작품 38수(이경 4수, 이욱 34수)를 번역하였다. 아울러 ≪남당이주사전주≫는 진위가 의심되는 이경과 이욱의 사 24수(이중 이경의 사 3수, 이욱의 사 21수)를 부록에 수록해놓고 있는데 본서에서는 이들 작품을 번역에서 배제하였다. 국내에는 박성희의 ≪슬픔 위에 또 다른 슬픔 끝없이 흐르네≫(기문사, 2011)와 이기면·문성자의 ≪이욱사집≫(지식을 만드는 지식, 2011)이 나와 있는데 모두 이욱의 사를 번역하고 해설해놓았다. 본서의 경우 이와 달리 이경의 작품 4수를 수록한 것과 이경과 이욱의 작품이 확실한 작품 34수를 수록했다는 것이 가장 큰 특징이다.

차례

❋ 남당 중주 이경의 사

❋ 남당 후주 이욱의 사

남당 중주
이경의 사

南唐 中主
李璟 詞

1. 응천장應天長

저녁 희미한 달빛 어린 거울 앞에 앉아
귀밑머리, 봉황비녀 매만진들 무엇하랴.
겹겹이 늘어진 주렴 저리 고요하고
높은 누대도 먼데
종잡을 수 없는 바람에 꽃마저 떨어지니
마음 더욱 서글퍼지네.

버드나무 우거진 둑은 풀향기로 짙었건만
이것도 꿈이었다니,
우물가엔 빈 두레박뿐.
어젠 깊은 밤에 술마저 깨었으니
봄날 시름은
깊어가는 병보다 더해가구나.

應天長

一鉤初月臨妝鏡,　　蟬鬢鳳釵慵不整.
일구초월임장경　　　선빈봉채용부정

重簾静, 層樓逈,　　憫帳落花風不定.
중렴정 , 층루형　　　추창락화풍부정

柳堤芳草徑,　　　　夢斷轆轤金井.
류제방초경　　　　　몽단록로금정

昨夜更闌酒醒,　　　春愁過卻病.
작야갱란주성　　　　춘수과각병

주 鉤(구) : 원의는 갈고리. 이곳에서는 달이 갈고리처럼 굽어있음을 형용하는데, 초승달을 의미함. 初月(초월) : 이제 막 떠오른 달. 보통은 동이 틀 무렵 사라지는 달을 가리키나 저녁 무렵에 떠오른 달을 가리키기도 함. 臨(림) : 비추다. 蟬鬢(선빈) : 매미 날개 모양의 머리모양. 鳳釵(봉채) : 봉황 모양의 비녀. 慵(용) : 게으르다. 重簾(중렴) : 두 겹으로 된 주렴. "중"은 "겹겹"의 의미. 逈(형) : 멀다. 憫帳(추창) : 슬퍼하다. 夢斷(몽단) : 꿈에서 깸. 轆轤(녹로) : 두레박. 金井(금정) : 화려하게 장식된 난간이 있는 우물. 일설에는 "금"을 "견고하다"는 의미로 보고 석정(石井)으로도 풀이함. 更闌(갱란) : 더 깊어짐. 過卻(과각) : 넘어서다, 더하다.

2. 망원행望遠行

섬돌 가 핀 꽃들
비단에 수놓은 듯 눈부신데
붉은 문짝은
종일토록 굳게 닫혀 있네.
추위도 채 가시지 않았는데 꿈조차 오지 않는구나
식은 향로엔 연기만 하늘거리네.

요양의 달빛,
말릉의 다듬잇질 소리,
소식 전하지 못해도
마음만이라도 전해진다면.
창 아래 갓 돋은 버들가지 보고 깜짝 놀라니,
멀리 가신 님 돌아올 땐
머리 허옇게 되어있겠지.

望遠行

碧砌花光錦繡明,　朱扉長日鎭長扃.
벽 체 화 광 금 수 명,　주 비 장 일 진 장 경.

餘寒不去夢難成,　爐香煙烟冷自亭亭.
여 한 불 거 몽 난 성,　노 향 연 연 랭 자 정 정.

遼陽月, 秣陵砧,　不傳消息但傳情.
요 양 월,　말 릉 침,　불 전 소 식 단 전 정.

黃金窗下忽然驚,　征人歸日二毛生.
황 금 창 하 홀 연 경,　정 인 귀 일 이 모 생.

주 碧砌(벽체) : 푸른색을 띠는 섬돌. 朱扉(주비) : 붉게 칠한 문짝. 鎭長(진장) : 늘, 항상. 扃(경) : 원의는 문빗장이나 이곳에서는 문이 닫혔다는 의미. 亭亭(정정) : 향로에서 연기가 피어오르는 모양. 遼陽(요양) : 지금의 요녕성(遼寧省) 요양(遼陽) 일대. 이곳에서는 여인이 그리워하는 사람이 일하러 나간 곳을 말함. 秣陵(말릉) : 지금의 강소성(江蘇省) 남경(南京). 이곳에서는 떠난 임을 그리는 여인이 있는 곳을 말함. 砧(침) : 다듬잇돌. 黃金(황금) : 갓 돋아난 버들. 갓 돋아난 버들은 황금색을 띰. 忽然(홀연) : 갑자기. 征人(정인) : 집을 떠나 멀리 가버린 사람. 二毛(이모) : 흰 머리카락과 검은 머리카락이 섞여 있음. 보통 사람이 늙어 감을 형용할 때 씀.

3. 완계사浣溪沙

진주 발 옥고리에 거니
봄날의 시름
여전히 높은 누대에 잠겨 있네.
바람에 떨어지는 꽃은
누가 주인일까?
한참을 생각해 보네.

청조는 구름 밖의 소식 전하지 않고
정향은 꽃봉오리만 맺은 채
빗속에 부질없이 근심하는데,
저녁 파도 일렁이는 삼초(三楚)로
고개 돌리니, 그리움
하늘까지 닿아 흐르네.

浣溪沙

手捲眞珠上玉鉤,　　依前春恨鎖重樓.
수 권 진 주 상 옥 구,　　의 전 춘 한 쇄 중 루.

風裏落花誰是主?　　思悠悠.
풍 리 낙 화 수 시 주?　　사 유 유.

青鳥不傳雲外信,　　丁香空結雨中愁.
청 조 부 전 운 외 신,　　정 향 공 결 우 중 수.

回首綠波三楚暮,　　接天流.
회 수 녹 파 삼 초 모,　　접 천 류.

주 捲(권) : 말다. 眞珠(진주) : 진주(珍珠)를 말함. 이곳에서는 주렴(珠簾)을 의미. 玉鉤(옥구) : 옥으로 장식된 고리. 依前(의전) : 예전 그대로. 鎖(쇄) : 잠겨있음. 重樓(중루) : 높은 누대. 主(주) : 주인. 悠悠(유유) : 장구함, 유원함. 青鳥(청조) : 전설 속에 서왕모(西王母)를 위해 소식을 전하는 새. 후에 소식을 전해주는 사람의 의미로 전용됨. 雲外(운외) : 아주 먼 곳. 일설에는 신선이 사는 곳을 말하기도 함. 丁香(정향) : 라일락의 일종. 空(공) : 부질없이. 結(결) : 정향의 꽃봉오리가 나옴. 三楚(삼초) : 진(秦)·한(漢) 시기 초(楚) 땅을 서초(西楚)·동초(東楚)·남초(南楚)로 나눈 것을 합해 부른 명칭. 일반적으로 양자강 중하류 지역을 가리키는데, 이곳은 남당(南唐)의 수도 남경(南京)이 있었던 곳임.

4. 완계사浣溪沙

연꽃 향기 다한 푸른 잎 시들 듯
물결 사이 서풍에 인 근심,
낮빛과 함께 수척해졌으니,
차마 볼 수가 없구나.

꿈에 먼 계새(雞塞)로 갔다
가는 빗소리에 돌아와,
작은 누각에서 마지막 한 곡 다 불고 나니
옥 생황마저 촉촉해졌네.
이 끝없는 한(恨),
얼마나 눈물 흘려야 할까
난간에 기대서.

浣溪沙

菡萏香銷翠葉殘,　西風愁起綠波間.
함 담 향 소 취 엽 잔,　서 풍 수 기 녹 파 간.

還與容光共憔悴,　不堪看.
환 여 용 광 공 초 췌,　불 감 간.

細雨夢回雞塞遠,　小樓吹徹玉笙寒.
세 우 몽 회 계 새 원,　소 루 취 철 옥 생 한.

多少淚珠何限恨,　倚闌干.
다 소 루 주 하 한 한,　의 란 간.

주 菡萏(함담) : 연꽃의 다른 이름. 銷(소) : 다하다. 殘(잔) : 상하다. 이곳에서는 꽃이 시든 것을 말함. 還與(환여) : 이미 ~와 함께. 容光(용광) : 얼굴의 광채. 憔悴(초췌) : 초췌해짐, 수척해짐. 不堪(불감) : 차마~하지 못하겠음. 夢回(몽회) : 꿈에서 깨어 현실로 돌아옴. 雞塞(계새) : 계록새(雞鹿塞) 혹은 계록산(雞祿山)이라고도 함. 지금의 섬서성(陝西省) 횡산현(橫山縣) 서쪽에 있음. 이곳에서는 변새(邊塞)지역을 일컫는 말로 쓰임. 吹徹(취철) : 마지막 한 곡까지 다 부름. "철"은 본래 대곡(大曲)의 가장 마지막 곡. 玉笙寒(옥생한) : 옥으로 장식한 생황을 많이 불어 안쪽에 습기가 많이 찬 것을 형용함. 闌干(난간) : 난간.

남당 후주
이욱의 사

南唐 後主
李煜 詞

1. 완계사浣溪沙

중천에 벌써 해 떴어도
청동화로엔 계속 숯 더해지고
붉은 비단 융단은 걸음마다 주름지네.

박자 따라 춤추던 미인의 금비녀도 떨어지고
취한 술 깨려 딴 꽃술 향기까지,
북과 피리 소리 멀리 별전까지 전해지네.

浣溪沙

紅日已高三丈透, 金爐次第添香獸, 紅錦地衣隨步皺.
홍 일 이 고 삼 장 투, 금 로 차 제 첨 향 수, 홍 금 지 의 수 보 추.

佳人舞點金釵溜, 酒惡時拈花蕊嗅, 別殿遙聞簫鼓奏.
가 인 무 점 금 채 류, 주 악 시 념 화 예 후, 별 전 요 문 소 고 주.

주 三丈透(삼장투) : 해가 이미 삼장 높이 떠올랐음을 말하는데, 이곳에
서는 해가 벌써 중천에 떠올랐음을 의미함 "삼장"은 약 10m에 해당. "장"
은 길이단위로, "일장(一丈)"은 약 3.33m에 해당. "투"는 지나가다. 次第
(차제) : 계속, 순서대로. 香獸(향수) : 석탄가루에 향료를 섞어 만든 짐승모
양의 덩어리. 地衣(지의) : 융단. 皺(추) : 주름이 잡힘. 舞點(무점) : 박자에
맞춰 춤을 춤. "점"은 박자. 溜(류) : 미끄러지며 떨어짐. 酒惡(주악) : 술에
취함. 拈花蕊(염화예) : 꽃술을 땀. 別殿(별전) : 정전 외의 전당들로, 황제가
거주하는 곳을 말함.

2. 일곡주一斛珠

아침 화장 끝낸 뒤,
침단 가벼이 바르고
정향의 꽃봉오리 같은 혀 살짝 내밀며
노래 한 곡 부르니,
앵두 같은 입술 톡 터지네.

남은 술에 젖은 비단소매 더 붉구나.
술 잔 깊이 따르니
금방 달콤한 술에 빠진,
자수 침대에 기대앉은 모습 참으로 아름다운데
붉은 수실까지 잘근잘근 씹어
배시시 웃으며 그이에게 뱉어주다니.

一斛珠

曉妝初過, 沉檀輕注些兒箇, 向人微露丁香顆,
효 장 초 과, 침 단 경 주 사 아 개, 향 인 미 로 정 향 과,

一曲清歌, 暫引櫻桃破.
일 곡 청 가, 잠 인 앵 도 파.

羅袖裛殘殷色可, 杯深旋被香醪涴, 繡床斜憑嬌無那,
나 수 읍 잔 은 색 가, 배 심 선 피 향 료 완, 수 상 사 빙 교 무 나,

爛嚼紅茸, 笑向檀郎唾.
난 작 홍 용, 소 향 단 랑 타.

주 沉檀(침단) : 진홍색의 화장품. 당나라 때 부녀자들이 눈썹이나 입술을 화장할 때 사용했음. 些兒箇(사아개) : 약간, 조금. 당·송 시기의 방언. 丁香顆(정향과) : 정향의 꽃봉오리. 정향은 닭의 혀와 비슷하여 "계설향(雞舌香)"이라고도 하는데, 여인의 혀를 비유하는 말로 자주 쓰임. 櫻桃破(앵도파) : 미인이 입을 벌리는 것을 형용함. 여인의 얼굴이 붉고 입은 작아 앵두처럼 보이기 때문에 이에 비유한 말. "파"는 터뜨려지는 의미로, 이곳에서는 입이 벌어지는 모습을 말함. 裛殘(읍잔) : 여남은 술에 젖음. "읍"은 "읍(浥)"과 통하는데 "젖다"의 의미. 殷色(은색) : 진홍색. 可(가) : 약간, 조금. 旋(선) : 즉각, 얼른. 香醪(향료) : 향기로운 술. 涴(완) : 원의는 더러워지다. 술에 흠뻑 빠지는 것을 의미. 繡床(수상) : 수놓은 침상. 嬌無那(교무나) : 자태가 아름다워 더 이상 아름다울 수 없음을 나타냄. "나"는 "무한하다"·"끝이 없다"의 의미. 爛嚼(난작) : 문드러지도록 씹음. 紅茸(홍용) : 붉은 실. 檀郎(단랑) : 여인이 자신의 남편이나 흠모하는 남자에 대한 애칭으로 부르는 말.

3. 옥루춘玉樓春

저녁 화장하고 난 뒤
흰 눈처럼 뽀얀 얼굴의 시첩과 궁녀들
봄 궁전에 물고기처럼 늘어섰구나.
생황과 퉁소 가락은 강과 구름 사이로 흩어지는데,
≪예상우의곡(霓裳雨衣曲)≫ 다시 연주하니
마지막 한 곡까지 부르네.

봄인데도 누가 또 꽃잎 날리나.
술기운에 난간 두드리며 박자 맞추니
흥은 더욱 오르네.
돌아갈 땐 촛불을 환하게 밝히지 말아야지
말 타고 저녁 달 밟고 가려면.

玉樓春

晩妝初了明肌雪,　春殿嬪娥魚貫列.
만 장 초 료 명 기 설,　춘 전 빈 아 어 관 열.

笙簫吹斷水雲間,　重按霓裳歌遍徹.
생 소 취 단 수 운 간,　중 안 예 상 가 편 철.

臨春誰更飄香屑,　醉拍欄干情味切.
임 춘 수 경 표 향 설,　취 박 란 간 정 미 절.

歸時休照燭花紅,　待放馬蹄清夜月.
귀 시 휴 조 촉 화 홍,　대 방 마 제 청 야 월.

주 初了(초료) : 막 끝냄. 明肌雪(명기설) : 피부가 눈처럼 희고 반짝거림. 春殿(춘전) : 궁전. 嬪娥(빈아) : 궁중의 시첩과 궁녀. 魚貫列(어관열) : 한 사람씩 순서대로 배열함. "어관"은 헤엄치는 물고기들이 나란히 이어져 있는 모양. 吹斷(취단) : 악곡을 다 부름. 水雲間(수운간) : (악기의 연주소리가) 구름과 강물 사이로 퍼짐. 重按(중안) : 다시 연주함. 霓裳(예상) : 당나라 때의 악곡 ≪예상우의곡(霓裳雨衣曲)≫의 줄임말. 遍(편) : 악곡을 구분해 주는 단위로, 첩(疊)이라고도 함. 徹(철) : 마치다, 끝나다. 香屑(향설) : 꽃 조각. 일설에는 향 가루라고도 함. 燭花(촉화) : 양초의 불꽃. 待放馬蹄(대방마제) : 말을 타고 돌아감.

4. 자야가 子夜歌

봄 찾으려면 봄보다 서두르고,
꽃 보려면 꽃가지 시들길 기다리지 마오.
고운 손에 청백색의 술을 들고,
잔 가득 채워주네.

크게 자주 웃은들 어떠하리?
금원의 봄은 늦게 저문다지.
같이 취하며 마음껏 생각 나누다,
갈고(羯鼓) 소리에 시를 다 짓네.

子夜歌

尋春須是先春早,　　看花莫待花枝老.
심 춘 수 시 선 춘 조,　　간 화 막 대 화 지 로.

縹色玉柔擎,　　醅浮盞面清.
표 색 옥 유 경,　　배 부 잔 면 청.

何妨頻笑粲,　　禁苑春歸晚.
하 방 빈 소 찬,　　금 원 춘 귀 만.

同醉與閑評,　　詩隨羯鼓成.
동 취 여 한 평,　　시 수 갈 고 성.

주 縹色(표색) : 연청색 혹은 청백색. 이곳에서는 술을 가리킴. 玉柔(옥유) : 여인의 희고 고운 손. 擎(경) : 높이 들다. 醅(배) : 거르지 않은 술. 淸(청) : 남김없이. 粲(찬) : 이를 드러내고 웃는 모양. 禁苑(금원) : 황가의 정원. 閑評(한평) : 마음대로 생각을 이야기하며 품평함. 羯鼓(갈고) : 갈족(羯族)이 사용한 타격악기의 일종. "갈"은 흉노족의 다른 이름.

5. 보살만菩薩蠻

꽃 피고 희미한 달빛에
안개 자욱하니
오늘은 임께 달려가기 좋은 밤.
버선발로 사뿐사뿐 섬돌 오르고,
손엔 금실 수놓은 신발 들고서.

화당 남쪽에서 만나
잠깐 임께 안기니 몸 떨려.
소첩은 나오기 어려우니,
임께서 마음껏 사랑하시게 해야지.

菩薩蠻

花明月暗籠輕霧,　　今朝好向郎邊去.
화 명 월 암 롱 경 무,　　금 조 호 향 랑 변 거.

剗襪步香階,　　　　手提金縷鞋.
잔 말 보 향 계,　　　　수 제 금 루 혜.

畫堂南畔見,　　　　一向偎人顫.
화 당 남 반 견,　　　　일 향 외 인 전.

奴爲出來難,　　　　敎君恣意憐.
노 위 출 래 난,　　　　교 군 자 의 련.

주 籠(롱) : 자욱하다, 뒤덮이다. 今朝(금조) : 오늘 저녁. 剗襪(잔말) : 버선
발로 바닥을 밟음. "잔"은 다만, 맨. 金縷鞋(금루혜) : 금실로 수놓은 신발.
南畔(남반) : 남쪽 가. "반"은 가, 가장가리. 一向(일향) : 잠시, 잠깐 偎(외) :
포근히 안김. 奴(노) : 자신을 낮춰 부른 말. 爲(위) : ~ 때문에. 敎(교) : ~로
하여금…하게 함. 恣意(자의) : 마음껏. 憐(련) : 사랑함.

6. 보살만菩薩蠻

봉래원(蓬萊院) 한적한 곳의 선녀,
대낮 화당에 깊이 잠들었네.
베개 맡에 늘어진 검은 머리 윤기 흐르고,
수놓은 옷엔 향기 가득하구나.

살짝 연 문고리 소리에,
은 병풍 아래 꿈꾸다 놀라 잠 깨어나,
아리따운 얼굴에 환한 미소로,
설레는 맘으로 바라보네.

菩薩蠻

蓬萊院閉天台女,　　畫堂畫寢人無語.
봉 래 원 폐 천 태 녀,　　화 당 주 침 인 무 어.

抛枕翠雲光,　　繡衣聞異香.
포 침 취 운 광,　　수 의 문 이 향.

潛來珠鎖動,　　驚覺銀屏夢.
잠 래 주 쇄 동,　　경 각 은 병 몽.

臉慢笑盈盈,　　相看無限情.
검 만 소 영 영,　　상 간 무 한 정.

주 蓬萊院(봉래원) : 선경과도 같은 정원을 형용. "봉래"는 봉래산(蓬萊山)으로 전설 속 바다에 있다는 산 이름. 天台女(천태녀) : 선녀. "천태"는 산 이름으로, 지금의 절강성(浙江省) 천태현(天台縣) 북쪽에 있다. 전설에 의하면, 동한(東漢) 사람 유신(劉晨)과 완조(阮肇)는 약초를 캐러 천태산(天台山)에 들어갔다. 두 사람은 그 곳에서 두 여인을 만나 반년 동안 머물렀다. 이후 집에 돌아와 보니 이미 7세대나 지난 것을 보고, 두 여인이 선녀라는 것을 알았다고 한다. 抛枕(포침) : 잠 잘 때 머리카락을 베개 맡에 흩뜨리는 것을 형용. 翠雲光(취운광) : 머리카락이 검고 윤기가 나는 것을 형용. 潛來(잠래) : 몰래 옴. 珠鎖(주쇄) : 진주를 꿰어 만든 문고리이나 보통 문 위의 장식물을 가리킴. 臉慢(검만) : 아름다운 얼굴. "만"은 "만(曼)"의 가차자. 盈盈(영영) : 환하게 웃는 모양.

7. 보살만菩薩蠻

동황(銅簧)의 청아한 소리, 낭랑한 한죽(寒竹).
백옥 같은 손가락으로 새 노래 연주하며
은은한 눈빛 오가니,
가을 물결 같은 전율이 이네.

규방에서 깊이 사랑했어도,
속맘 알 수 없으니
연회 끝나면 또 없던 일이 될 터,
꿈속의 봄비 같구나.

菩薩蠻

銅簧韻脆鏘寒竹,　　新聲慢奏移纖玉.
동 황 운 취 장 한 죽,　　신 성 만 주 이 섬 옥.

眼色暗相鈎,　　秋波橫欲流.
안 색 암 상 구,　　추 파 횡 욕 류.

雨雲深繡戶,　　未便諧衷素.
우 운 심 수 호,　　미 편 해 충 소.

宴罷又成空,　　夢迷春雨中.
연 파 우 성 공,　　몽 미 춘 우 중.

주　銅簧(동황) : 원의는 관악기 부리에 장치하여 그 진동으로 소리를 내는 얇은 동으로 만든 조각. 이곳에서는 관악기를 이르는 말로 쓰임. 韻脆(운취) : 맑고 은은함. 鏘(장) : 낭랑하고 우렁참. 寒竹(한죽) : 피리나 생황 같은 대나무로 만든 관악기. 新聲(신성) : 새로 만든 악곡. 纖玉(섬옥) : 여인의 아름다운 손을 형용. 眼色(안색) : 마음을 전하는 눈빛. 秋波(추파) : 미인의 눈이 가을 물결처럼 맑고 또렷한 것을 형용. 雲雨(운우) : 남녀가 만나 사랑을 나누는 것을 형용. 諧衷素(해충소) : 내심의 바람을 만족시킴. "해"는 조화되다 · 어울리다. "충소"는 진심어린 마음. 夢迷(몽미) : 꿈속에서 사라짐.

8. 희천앵喜遷鶯

새벽 달 지고,
밤의 구름 걷힐 때
말없이 베갯머리에 기대어 뒤척였네.
임과 헤어지기 아쉬워하다 꿈 깨니,
하늘은 높고 기러기 소리 간 데 없네.

꾀꼬리 소리 울려 퍼지고,
남은 꽃잎 흐드러진
화당과 정원엔 고요뿐.
붉은 잎들 마음껏 가게 쓸지를 마오,
즐겁게 노닐던 사람 돌아오면 보여주게.

喜遷鶯

曉月墜, 宿雲微, 無語枕頻欹.
효 월 추, 숙 운 미, 무 어 침 빈 의.

夢回芳草思依依, 天遠雁聲稀.
몽 회 방 초 사 의 의, 천 원 안 성 희.

啼鶯散, 餘花亂, 寂寞畫堂深院.
제 앵 산, 여 화 란, 적 막 화 당 심 원.

片紅休掃盡從伊, 留待舞人歸.
편 홍 휴 소 진 종 이, 유 대 무 인 귀.

주 宿雲(숙운): 밤의 운기. 芳草(방초): 원의는 향기로운 풀이나 이곳에
서는 그리워하는 사람을 의미함. 依依(의의): 헤어지기 아쉬워함. 餘花(여
화): 남은 꽃. 아직 지지 않은 꽃을 의미. 盡從伊(진종이): 마음대로 가게
내버려둠. "이"는 "그"·"이"의 의미. 이곳에서는 꽃을 가리킴.

9. 채상자采桑子

정자 앞의 봄은
지는 붉은 꽃 따라 가고
꽃은 춤을 추듯 흩날리네.
가는 비에 약한 눈발이라
잠시도 두 눈썹 펼 수 없네.

녹음 우거진 쓸쓸한 창가엔
기쁜 소식 없고,
인향은 재가 되었구나.
그리운 맘 어찌할까,
잠 속 꿈에라도 들게 하고 싶어라.

采桑子

亭前春逐紅英盡, 舞態徘徊.
정 전 춘 축 홍 영 진,　무 태 배 회.

細雨霏微, 不放雙眉時暫開.
세 우 비 미,　불 방 쌍 미 시 잠 개.

綠窓冷靜芳音斷, 香印成灰,
녹 창 랭 정 방 음 단,　향 인 성 회,

可奈情懷, 欲睡朦朧入夢來.
가 내 정 회,　욕 수 몽 롱 입 몽 래.

주 紅英(홍영) : 붉은 꽃. 徘徊(배회) : 원의는 배회하다. 이곳에서는 꽃이
흩날리는 모습을 형용함. 霏微(비미) : 비와 눈이 약하게 내리는 모습. 芳
音(방음) : 좋은 소식. 香印(향인) : 인향(印香)을 말함. 여러 종의 향료를 빻
아 고르게 하여 만든 향. 可奈(가내) : 어찌할 수 없음.

10. 장상사長相思

청자색 인끈으로 묶어 올린 머리에
북 같은 옥비녀를 꽂고,
엷은 윗도리에
가볍고 얇은 비단치마를 하고
살짝 두 눈썹 찌푸리네.

가을바람 높으니,
비와 서로 잘 어울리는구나.
주렴 밖의 파초들아,
나더러 긴긴 밤 어이 보내란 말이냐!

長相思

雲一緺, 玉一梭. 淡淡衫兒薄薄羅. 輕顰雙黛螺.
운 일 왜,   옥 일 사. 담 담 삼 아 박 박 라. 경 빈 쌍 대 라.

秋風多, 雨相和. 簾外芭蕉三兩窠, 夜長人奈何!
추 풍 다, 우 상 화. 염 외 파 초 삼 량 과, 야 장 인 내 하!

주 雲一緺(운일왜) : 말아 올린 머리 한 묶음. "운"은 머리카락을 형용.
"왜"는 원래 청자색 끈으로 머리카락을 묶는데 사용했음. 이곳에서는 머
리카락 한 묶음을 이르는 말. 玉一梭(옥일사) : 북 모양의 옥으로 만든 비
녀를 말함. 淡淡(담담) : 얼굴색이 아주 엷음. 衫兒(삼아) : 상의. 羅裙(나
군) : 비단 치마. 輕顰(경빈) : 미간을 살짝 찡그림. "빈"은 찡그리다. 黛螺
(대라) : 눈썹먹. 三兩窠(삼량과) : 두 세 그루씩 무리지어 있음. "삼량"은 두
세 개. 아주 적음을 의미. "과"는 무리.

11. 어부漁父

운치 있는 낭원(閬苑)엔
천리까지 눈 날리고,
늘어선 복숭아꽃, 오얏꽃
조용히 봄 신고 오네.

술 한 병에,
낚싯대 하나.
세상에 나같이
즐거운 사람 몇이나 될는지.

漁父

閬苑有情千里雪.　桃李無言一隊春.
낭 원 유 정 천 리 설.　도 리 무 언 일 대 춘.

一壺酒,　一竿身,　快活如儂有幾人.
일 호 주,　일 간 신,　쾌 활 여 농 유 기 인.

주 閬苑(낭원) : 신선들이 산다는 전설 속의 지명. 一隊(일대) : 줄짓다, 늘
어서다. 一竿身(일간신) : 낚시대 하나. 儂(농) : 나(1인칭).

12. 어부漁父

봄바람에 노 하나
조각배 타고
낚싯대 하나 드리우네.
모래섬엔 꽃 만발하고,
잔에 술을 가득 따르니
넓고 넓은 바다에서 얻는 자유여.

漁父

一棹春風一葉舟,　一綸繭縷一輕鉤.
일 도 춘 풍 일 엽 주,　일 륜 견 루 일 경 구.

花滿渚, 酒盈甌,　萬頃波中得自由.
화 만 저, 주 영 구,　만 경 파 중 득 자 유.

주 繭縷(견루) : 줄. 이곳에서는 낚시 줄을 의미. 渚(저) : 작은 모래톱. 甌
(구) : 사발. 萬頃(만경) : 지면이나 수면이 아주 넓음을 형용. "경"은 면적단
위로, 일경(一頃)은 100무(畝)에 해당.

13. 도련자령搗練子令

적막한 마당,
고요한 정원,
다듬이 치다 말다
바람까지 불었다 말다.
잠 못 드는 이 긴 밤 어이 할까,
간간히 들리는 다듬이 소리
달과 발이 드리운 격자창에 전해지네.

搗練子令

深院靜, 小庭空, 斷續寒砧斷續風.
심 원 정, 소 정 공, 단 속 한 침 단 속 풍.

無奈夜長人不寐, 數聲和月到簾櫳.
무 내 야 장 인 불 매, 수 성 화 월 도 렴 롱.

주 砧(침) : 다듬잇돌. 數(삭) : 자주, 빈번히. 和(화) : ~와. 簾櫳(염롱) : 발
이 처진 격자창.

14. 사신은謝新恩

화려한 창 아래 힘없어 일어나기 귀찮네.

(나머지 부분은 실전됨)

謝新恩

金窓力困起還慵.
금 창 력 곤 기 환 용.

주 金窓(금창) : 화려하고 아름다운 창문. 力困(역곤) : 힘이 없음, 무기력함.

15. 사신은謝新恩

진루(秦樓)에서 퉁소 불던 여인 어디 갔는가.
상원(上苑)의 풍광도 사라졌구나.
알록달록한 꽃송이 저마다 자태를 뽐내니
내 맘에까지 살랑대는 봄바람
이제야 옷깃에 묻은 향기 나네.

창문 아래 자다 피리 소리에 깨어 보니
해는 아직 서산에.
그때의 한은 왜 이리 오래가는지.
푸른 난간 밖 수양버들 드리워지고
잠시간의 만남은
한낱 꿈같은 것,
생각하기도 싫어라.

謝新恩

秦樓不見吹簫女, 空餘上苑風光. 粉英金蕊自低昂.
진 루 불 견 취 소 녀, 공 여 상 원 풍 광. 분 영 금 예 자 저 앙.

東風惱我, 纔發一衿香.
동 풍 뇌 아, 재 발 일 금 향.

瓊窓夢笛殘日, 當年得恨何長. 碧欄干外映垂楊.
경 창 몽 적 잔 일, 당 년 득 한 하 장. 벽 란 간 외 영 수 양.

暫時相見, 如夢懶思量.
잠 시 상 견, 여 몽 라 사 량.

주 秦樓不見吹簫女(진루불견취소녀) : 전설에 의하면, 진(秦) 목공(穆公)의 딸 농옥(弄玉)은 음악을 좋아했다. 목공은 퉁소를 불어 봉황의 소리를 잘 낸 소사(簫史)에게 딸을 시집보냈다. 그리고 딸을 위해 봉루(鳳樓)를 지어주었다. 두 사람이 퉁소를 불자 봉황이 모여들었다. 후에 두 사람은 봉황을 타고 가버렸다고 함. "진루"는 진 목공이 딸 농옥을 위해 지어준 누대로, 봉루(鳳樓)라고도 함. 上苑(상원) : 황가의 정원. 粉英金蕊(분영금예) : 분홍색의 꽃잎과 금색의 꽃술. 이곳에서는 꽃송이를 가리킴. 自低昂(자저앙) : 각자의 높고 낮은 자태. 惱(뇌) : 괴롭히다. 纔(재) : 비로소. 一衿香(일금향) : 향내의 정도를 묘사한 말로, 옷깃에 남아있는 아주 조금의 향내. "금"은 "금(襟)"과 통함. 瓊窓(경창) : 화려하고 정교한 창. 得恨(득한) : 한·원한.

16. 사신은謝新恩

앵두꽃 다 지고 계단 앞엔 달빛 가득
상아 침상에서 괴로워 향로에 기대니
애타는 맘 작년 오늘과 똑같구나.

두 갈래 쪽진 머리 흐트러지고
구름 같은 머릿결도 거칠어지고
흐르는 눈물만 붉은 앞섶 적시네.
그리움에 괴로운 맘 어디서 달래보나,
비단 창 아래서
술에 취해 볼까
꿈이나 꿔 볼까

謝新恩

櫻花落盡階前月, 象床愁倚薰籠, 遠是去年今日恨還同.
앵 화 락 진 계 전 월, 상 상 수 의 훈 롱, 원 시 거 년 금 일 한 환 동.

雙鬟不整雲憔悴, 淚沾紅抹胸. 何處相思苦, 紗窓醉夢中.
쌍 환 부 정 운 초 췌, 누 첨 홍 말 흉. 하 처 상 사 고, 사 창 취 몽 중.

주 象床(상상) : 상아로 만든 침상. 薰籠(훈롱) : 향로에 씌우는 바구니 모
양의 덮개. 遠是(원시) : 심함. 雙鬟(쌍환) : 고대 젊은 여인의 두 개의 고리
모양의 귀밑머리. 雲憔悴(운초췌) : 머리카락이 어지럽고 윤기가 없음. 抹
胸(말흉) : 고대 일종의 내의. 앞쪽만 있고 뒤쪽은 없으며 위로는 가슴을
가리고 아래로는 배를 가릴 수 있었음 주로 여인들이 이것을 입었음.

17. 사신은謝新恩

손님 떠나간 뒤의 텅 빈 정원,
화당엔 주렴 반만 드리워졌네.
고요한 밤 숲 속 바람 소리 높기만 한데
작은 누대에서 고개 돌려 보니
새로 뜬 초승달
가늘고 길기도 하구나.

봄빛은 늘 그대로인데
사람만 부질없이 늙어가고,
새록새록 생기는 근심,
지난날의 한은 언제 다할까.
어디선가 들려오는 강적(羌笛) 소리에,
취해 흥겨워진 얼굴 깜짝 놀라네.

謝新恩

庭空客散人歸後,　　畫堂半掩珠簾.
정 공 객 산 인 귀 후,　　화 당 반 엄 주 렴.

林風淅淅夜厭厭　　小樓新月, 回首自纖纖.
임 풍 석 석 야 염 염　　소 루 신 월,　회 수 자 섬 섬.

春光鎭在人空老,　　新愁往恨何窮.
춘 광 진 재 인 공 로;　　신 수 왕 한 하 궁.

一聲羌笛,　　　　　驚起醉怡容.
일 성 강 적,　　　　　경 기 취 이 용.

주 淅淅(석석) : 바람 부는 소리를 나타내는 의성어. 厭厭(염염) : 고요하
다, 조용하다. 纖纖(섬섬) : 작고 가늚. 이곳에서는 막 떠오르는 달을 형용.
鎭在(진재) : 늘, 오래도록. 羌笛(강적) : 강족(羌族)의 피리. 醉怡容(취이용) :
취해 기분 좋은 표정.

18. 사신은謝新恩

앵두꽃 다 지고
봄도 끝나가니
그네에서 내려올 때라네.
물 떨어지는 소리 약해지고
기운 달도 천천히.
가지마다 꽃은 피는데 (다음부터 12글자가 빠져있음).
비단 창문 아래서
그대 오시길 기다리는 맘 아시려나.

謝新恩

櫻花落盡春將困, 鞦韆架下歸時. 漏暗斜月遲遲.
앵 화 락 진 춘 장 곤,   추 천 가 하 귀 시.   누 암 사 월 설 지.

花在枝……. 徹曉紗窓下, 待來君不知.
화 재 지 …….   철 효 사 창 하,   대 래 군 부 지.

주 困(곤) : 다함. 鞦韆(추천) : 그네. 漏暗(누암) : 물 떨어지는 소리가 미약
함. 遲遲(지지) : 느릿느릿 가는 모양. 徹曉(철효) : 밤새도록.

19. 사신은謝新恩

저무는 가을 풍광 붙잡을 수 없고
저녁 계단엔 낙엽이 가득.
또다시 중양절 맞아
누대 정자에 올라 멀리 바라보니
산수유꽃 향기 시들고
자줏빛 국화 향기도 정원에 흩날리네.
자욱한 안개 속에 보슬비 내리는 저녁
기럭기럭 기러기 울음 애절하고 처량한데
근심과 한은 해마다 어찌 이리도 여전할까.

謝新恩

冉冉秋光留不住, 滿階紅葉暮. 又是過重陽, 臺榭登臨處.
염 염 추 광 류 부 주, 만 계 홍 엽 모. 우 시 과 중 양, 대 사 등 림 처.

茱萸香墮, 紫菊氣飄庭戶.
수 유 향 타, 자 국 기 표 정 호.

晚煙籠細雨. 嗈嗈新雁咽寒聲, 愁恨年年長相似.
만 연 롱 세 우. 웅 웅 신 안 인 한 성, 수 한 년 년 장 상 사.

주 冉冉(염염) : 시간이 천천히 감을 형용. 住(주) : 멈추다, 그치다. 重陽
(중양) : 중양절로, 음력 9월 9일을 말함. 臺榭(대사) : 누대와 정자. 茱萸(수
유) : 식물이름으로, 향기가 진하고 약으로도 씀. 고대 중국 사람들은 중양
절에 수유 꽃을 차면 부정한 기운을 물리칠 수 있다는 생각을 갖고 있었
음. 庭戶(정호) : 정원. 嗈嗈(옹옹) : 새들이 짝을 지어 우는 소리로, 애절한
소리를 나타낼 때 많이 씀. 咽(인) : 목이 메임. 寒聲(한성) : 처량한 소리.

20. 완랑귀阮郎歸

해질 무렵 봄바람 부는 강가
봄은 와도 언제나 할 일 없네.
꽃 떨어져 어지러운데
술기운마저 다해가고,
취한 듯 꿈인 듯 들려오는
생황의 노래 소리.

노리개 소리 약해지고
저녁 화장 지워졌으니,
비취색 쪽진 머리 누가 매만져줄까.
좋은 시절 떠나보내기 아쉬워
황혼녘 홀로 난간에 기대어 보네.

阮郎歸

東風吹水日銜山,　春來長是閑.
<small>동 풍 취 수 일 함 산,　춘 래 장 시 한.</small>

落花狼籍酒闌珊,　笙歌醉夢間.
<small>낙 화 낭 적 주 란 산,　생 가 취 몽 간.</small>

珮聲悄, 晚妝殘,　憑誰整翠鬟.
<small>패 성 초,　만 장 잔,　빙 수 정 취 환.</small>

留連光景惜朱顔,　黃昏獨倚欄.
<small>유 연 광 경 석 주 안,　황 혼 독 의 란.</small>

주 日銜山(일함산) : 해가 서쪽으로 지는 모습을 형용. "함"은 머금다.
長是(장시) : 늘, 언제나. 狼藉(낭자) : 아주 어지러운 모양. 闌珊(난산) : 다해
감. 翠鬟(취환) : 쪽진 머리로, 여인들의 머리장식. 留連(유연) : 떠나보내기
아쉬워함. 朱顔(주안) : 원의는 보기 좋은 얼굴이나 이곳에서는 젊은 시절을
의미.

21. 청평악 清平樂

이별 뒤의 봄 반이나 지났어도
보는 것마다 시름겹고 애간장 녹네.
섬돌 아래 흰 눈처럼 분분한 매화,
털어도털어도 온 몸에 나부끼네.

기러기 돌아와도 기댈 소식 없고
길은 멀고 돌아갈 꿈도 이루기 어려워.
이별의 한은 봄풀처럼
아무리 멀리 가도 계속 돋아나는구나.

清平樂

別來春半, 觸目愁斷腸.
별 래 춘 반, 촉 목 수 단 장.

砌下落梅如雪亂, 拂了一身還滿.
체 하 낙 매 여 설 란, 불 료 일 신 환 만.

雁來音信無憑, 路遠歸夢難成.
안 래 음 신 무 빙, 노 원 귀 몽 난 성.

離恨恰如春草, 更行更遠還生.
이 한 흡 여 춘 초, 경 행 경 원 환 생.

주 春半(춘반) : 봄이 반이나 지남. 觸目(촉목) : 눈에 닿는 것마다, 눈에
보이는 것마다. 砌下(체하) : 섬돌 아래. 拂了(불료) : 다 털어냄. "료"는 다
하다. 無憑(무빙) : 기대할 것이 없음. 恰如(흡여) : 마치~같음. 更行更遠(경
행경원) : 아무리 더 멀리 가도. 첫 번째 "경"은 "아무리~해도"의 의미.

22. 채상자采桑子

두레박 걸린 우물가
오동나무에 가을 오니
나무들이 가을에 얼마나 놀랐을까.
진종일 내린 비에 우수 더 깊어져
기다란 주렴 옥고리에 걸어보네.

창밖의 가는 봄에
두 눈썹 찡그려지고
먼 곳으로 고개 돌려
편지 보내려 해도
굽이치는 찬 물결 거슬러 가지 못하네.

采桑子

轆轤金井梧桐晚, 幾樹驚秋.
녹 로 금 정 오 동 만, 기 수 경 추.

晝雨新愁, 百尺蝦須在玉鉤.
주 우 신 수, 백 척 하 수 재 옥 구.

瓊窓春斷雙蛾皺. 回首邊頭,
경 창 춘 단 쌍 아 추. 회 수 변 두,

欲寄鱗游, 九曲寒波不泝流.
욕 기 린 유, 구 곡 한 파 불 소 류.

주 轆轤(녹로): 두레박. 金井(금정): 화려하게 장식된 난간이 있는 우물. 일설에는 "금"을 "견고하다"는 의미로 보고 석정(石井)으로도 풀이함. 幾樹(기수): 얼마나 많은 나무들. 百尺(백척): 대략 33m의 높이. 이곳에서는 아주 김을 형용. "척"은 길이단위로, 33cm에 해당. 蝦須(하수): 염발 아래에 드리워진 술. 이곳에서는 주렴을 의미. 邊頭(변두): 아주 먼 곳. 鱗游(인유): 헤엄치는 물고기. 이곳에서는 서신을 말함. 泝流(소류): 거슬러 올라감.

23. 우미인虞美人

봄바람 뜰에 불어오니 풀들 우거지고
버들잎 나오니 봄은 어김없이 오네.
말없이 홀로 난간에 가만히 기대어 있으니
피리소리와 새로 뜬 초승달은
그때와 같구나.

생황의 노래 끝나지 않고 술자린 그대로인데
연못의 얼음은 이제 막 녹기 시작하네.
촛불 밝고 진한 향내 올라오는
그윽한 화당.
서리에 잔설 내린 듯
귀밑 흰 머리카락에
근심스런 맘 가눌 길 없어라.

虞美人

風回小院庭蕪綠,　　柳眼春相續.
풍 회 소 원 정 무 록,　　유 안 춘 상 속.

憑欄半日獨無言,　　依舊竹聲新月似當年.
빙 란 반 일 독 무 언,　　의 구 죽 성 신 월 사 당 년.

笙歌未散尊前在,　　池面冰初解.
생 가 미 산 존 전 재,　　지 면 빙 초 해.

燭明香暗畫堂深,　　滿鬢清霜殘雪思難任.
촉 명 향 암 화 당 심,　　만 빈 청 상 잔 설 사 난 임.

주 蕪綠(무록) : 풀이 무성해짐. 柳眼(유안) : 초봄에 나오는 버들잎으로, 사람 눈이 막 뜨지는 것에 비유한 말. 竹聲(죽성) : 피리 같은 관악기로 연주하는 소리. 尊前(존전) : 술 단지 앞. "존"은 "준(樽)"의 의미. 이곳에서는 주연을 말함. 清霜殘雪(청상잔설) : 머리가 하얗게 된 것을 형용하는 말. 難任(난임) : 감당하기 어려움.

24. 오야제烏夜啼

어젯밤엔 비바람 불고
발과 휘장 사이로 솨솨 가을 소리.
촛불 다하고 물 떨어지는 소리 끊겨도
베개 맡에서 이리저리 몸 뒤척이며
안절부절 가만히 있질 못하네.

세상사란 속절없이 물 따라 흐르는,
꿈속의 뜬 구름 같은 것.
취해 간 곳은
길이 평탄해 자주 가겠으나
그 밖에는 갈 수 없어라.

烏夜啼

昨夜風兼雨, 簾幃颯颯秋聲.
작 야 풍 겸 우, 염 위 삽 삽 추 성.

燭殘漏斷頻欹枕, 起坐不能平.
촉 잔 루 단 빈 의 침, 기 좌 불 능 평.

世事漫隨流水, 算來夢裏浮生.
세 사 만 수 유 수, 산 래 몽 리 부 생.

醉鄉路穩宜頻到, 此外不堪行.
취 향 로 온 의 빈 도, 차 외 불 감 행.

주 兼(겸) : 동시에. 簾幃(염위) : 발과 휘장. "염"은 대나무를 짜서 만든
것이고, "위"는 천으로 만든 것. 颯颯(삽삽) : 바람소리. 漏斷(누단) : 물 떨
어지는 소리가 이미 끊김. 고대 시간을 잴 때 동(銅)으로 만든 주전자에
물을 가득 담고 바닥에 구멍을 하나 뚫어 물을 천천히 떨어지게 하였음.
주전자 안의 가늠자가 가리키는 눈금에 따라 시간을 잼. 頻(빈) : 빈번하게.
欹枕(의침) : 베개 맡에 몸을 비뚤하게 기댐. 이곳에서는 마음이 심란하여
잠에 들지 못함을 형용함. "의"는 기울다. 漫(만) : 부질없음. 浮生(부생) :
보잘 것 없는 인생. 醉鄉(취향) : 술에 취한 후에 정신이 또렷하지 상태. 不
堪行(불감행) : 갈 수 없음.

25. 임강선臨江仙

앵두 다 떨어지고 봄은 가는데
나비는 날개 짓하며 짝지어 날고,
달 아래 서쪽 작은 누각에선 두견새 우네.
그림, 진주 수놓은 화려한 발,
금빛 발을 서글픈 맘으로 말아 올리네.

인적 끊어져 텅 빈 조용한 골목,
희미한 안개에 젖은 풀잎 쓸쓸히 바라보네.
봉황 향로에선 연기 하늘하늘
괜히 비단 허리띠 잡아보는데
고개 돌려 보니
한만 끝이 없어라.

臨江仙

櫻桃落盡春歸去,　　蝶翻金粉雙飛,
앵 도 락 진 춘 귀 거,　　접 번 금 분 쌍 비,

子規啼月小樓西.　　畫簾珠箔, 惆悵捲金泥.
자 규 제 월 소 루 서.　　화 렴 주 박, 추 창 권 금 니.

門巷寂寥人去後,　　望殘煙草低迷.
문 항 적 요 인 거 후,　　망 잔 연 초 저 미.

爐香閑裊鳳凰兒,　　空持羅帶, 回首恨依依.
노 향 한 뇨 봉 황 아,　　공 지 라 대, 회 수 한 의 의.

주 翻(번) : 날다. 金粉(금분) : 원의는 금으로 꽃무늬를 상감한 부인의 머리장식과 화장에 사용하는 연백분(鉛白粉). 이곳에서는 나비의 날개를 의미. 子規(자규) : 두견새. 啼月(제월) : 달밤에 욺. 전설에 의하면 "자규"는 촉제(蜀帝) 두우(杜宇)의 혼이 변한 것이라고 함. 밤만 되면 늘 애처롭게 울어 듣는 사람들을 괴롭게 했다고 함. 畫簾(화렴) : 그림이 장식된 발. 惆悵(추창) : 슬퍼하는 모양. 金泥(금니) : 장식할 때 바르는 금가루. 이곳에서는 금가루로 장식된 발을 가리킴. 望殘(망잔) : 쓸쓸한 모습을 바라봄. 煙草(연초) : 연무에 휩싸인 무성한 풀. 低迷(저미) : 흐릿하여 분명치 않음. 裊(뇨) : 하늘하늘함. 鳳凰兒(봉황아) : 봉황. 이곳에서는 향로에 봉황 문양이 새겨진 것을 말함. 依依(의의) : 계속 이어지는 모양.

26. 파진자破陣子

사십년 이어온 나라의,

삼천리 강산.

봉각(鳳閣)과 용루(龍樓)는 하늘에 닿고,

진귀한 나무와 꽃은

안개에 둘러싸인 듯 울창했으니,

어찌 전쟁을 알기나 했겠는가.

하루아침에 남의 신하가 되어

심약(沈約)처럼 야위고 반악(潘岳)처럼 머리 세었네.

황급히 종묘 떠나든 날을 어찌 잊으리.

교방에서 불러주던 이별노래에

궁녀들 앞에서 흘린 눈물을.

破陣子

四十年來家國, 三千里地山河.
사 십 년 래 가 국, 삼 천 리 지 산 하.

鳳閣龍樓連霄漢, 玉樹瓊枝作煙蘿, 幾曾識干戈.
봉 각 룡 루 련 소 한, 옥 수 경 지 작 연 라, 기 증 식 간 과.

一旦歸爲臣虜, 沈腰潘鬢銷磨.
일 단 귀 위 신 로, 침 요 반 빈 소 마.

最是倉皇辭廟日, 敎坊猶奏別離歌, 垂淚對宮娥.
최 시 창 황 사 묘 일, 교 방 유 주 별 리 가, 수 루 대 궁 아.

주 **四十年**(사십년) : 남당은 937년에 이변(李昪)이 오(吳)나라를 찬탈하여 칭제한 후로 975년 망하기까지 39년간 지속됨. 이곳에서 "사십년"은 이 39년의 대략적인 표현임. **三千里**(삼천리) : 당시의 남당은 지금의 강소(江蘇)·안휘(安徽)·강서(江西)·복건(福建)에 이를 만큼 대국이었음. 이곳의 표현은 영토의 대략적 넓이로 말한 표현. **霄漢**(소한) : 하늘, 창천. **煙蘿**(연라) : 연무가 자욱한 것처럼 초목이 무성함. **幾曾**(기증) : 어찌~했겠는가. **干戈**(간과) : 원의는 방패와 창으로, 전쟁을 의미하는 말로 쓰임. **臣虜**(신로) : 포로가 되어 신하가 됨. **沈腰**(심요) : 남북조(南北朝) 시기 심약(沈約)의 허리가 야위어졌다는 말인 "심요초수(沈腰消瘦)"의 줄임말로, 사람의 몸이 수척해졌다는 말로 쓰임. **潘鬢**(반빈) : 위진(魏晉) 시기 반악(潘岳)이 쓴 ≪추흥부(秋興賦)≫의 "내 나이 32살에 흰 머리 났네(余春秋三十有二, 始見二毛)."에서 유래한 말로, 사람이 젊을 때 백발이 나왔음을 의미. **銷磨**(소마) : 사라짐·없어짐. **倉皇**(창황) : 황급히. **敎坊**(교방) : 궁정음악을 관장하던 기구. **宮娥**(궁아) : 궁중의 비빈과 시녀.

27. 망강매望江梅

꿈속 저 먼 곳,
남국은 지금 화창한 봄날.
배 위에선 음악소리,
강 위에선 초록 물결
온 성엔 버들개지 날리고 흙먼지 이는데,
사람들 꽃구경 하느라 정신없네.

꿈속 저 먼 곳,
남국은 지금 맑은 가을이라네.
아득한 천리강산엔 단풍,
갈대 우거진 기슭엔 나룻배 한 척이,
달 밝은 누대에선 피리소리가 나네.

望江梅

閒夢遠, 南國正芳春.
한 몽 원, 남 국 정 방 춘.

船上管弦江面綠, 滿城飛絮滾輕塵　忙殺看花人.
선 상 관 현 강 면 록,　만 성 비 서 곤 경 진　망 살 간 화 인.

閒夢遠, 南國正淸秋.　千里江山寒色遠,
한 몽 원,　남 국 정 청 추.　천 리 강 산 한 색 원,

蘆花深處泊孤舟, 笛在月明樓.
노 화 심 처 박 고 주, 적 재 월 명 루.

주　閒(한) : 북송(北宋)의 수도 개봉(開封)으로 압송되어 수감생활 중의
무미건조한 생활과 심정. 夢遠(몽원) : 꿈속에서 먼 곳을 바라봄. 正(정) : 마
침, 바로. 管弦(관현) : 원의는 관악기와 현악기이나, 이곳에서 악기를 통칭
함. 綠(록) : 푸른 파도. 忙殺(망살) : 죽도록 바쁨. 너무 바쁨을 형용.

28. 망강남望江南

얼마나 한스러워했든지,
어제 밤 꿈속에서
옛날의 상원 노닐고,
수레는 흐르는 물처럼,
말은 용처럼 지났으며
꽃과 달에 봄바람까지 불었던 것을.

얼마나 눈물을 흘렸든지,
두 뺨 타고 턱 아래로 뚝뚝 떨어지네.
근심이 있거든 눈물로 말하지 말고,
눈물 흘릴 땐 봉황 생황 불지 마소,
애간장 끊어지듯 더 아프니.

望江南

多少恨, 昨夜夢魂中, 還似舊時游上苑,
다 소 한, 작 야 몽 혼 중, 환 사 구 시 유 상 원,

車如流水馬如龍, 花月正春風.
거 여 유 수 마 여 용, 화 월 정 춘 풍.

多少淚, 斷臉復橫頤.
다 소 루, 단 검 부 횡 이.

心事莫將和淚說, 鳳笙休向淚時吹, 斷腸更無疑.
심 사 막 장 화 루 설, 봉 생 휴 향 루 시 취, 단 장 경 무 의.

주 上苑(상원) : 황가의 정원. 斷臉(단검) : 눈물이 얼굴에 마구 흐름.
頤(이) : 턱. 斷腸(단장) : 애간장이 끊어짐.

29. 오야제烏夜啼

숲의 꽃엔 붉은 기운 지니
급하기도 해라,
아침 한기에 저녁 바람 일면
늘 한스러워지네.

화장기 어린 눈물
취하지 않으면 볼 수 없으니,
언제 다시 만날 수 있을까?
본래 인생의 한이란,
동쪽으로 흐르는 긴 강물 같네.

烏夜啼

林花謝了春紅, 太匆匆. 常恨朝來寒雨晚來風.
임 화 사 료 춘 홍, 태 총 총. 상 한 조 래 한 우 만 래 풍.

胭脂淚, 留人醉, 幾時重. 自是人生長恨水長東.
연 지 루, 유 인 취, 기 시 중. 자 시 인 생 장 한 수 장 동.

주 匆匆(총총) : 매우 급한 모양. 胭脂淚(연지루) : 붉은 눈물. 여인이 연지를 바른 후에 눈물을 흘려 눈물이 붉어진 것을 형용함. 自是(자시) : 본래.

30. 자야가 子夜歌

인생의 근심 걱정 어찌 피할 수 있으리
넋 나간 내 마음만 이리도 슬픈데.
꿈엔 고국으로 다시 돌아갔건만,
깨어 보니 뺨 위로 흐르는 건
두 줄기 눈물뿐.

높은 누대를 누구와 올랐던가?
청명한 가을 하늘 본 것 잊지 않으리.
지난 일 부질없다지만,
그래도 꿈만 같네.

子夜歌

人生愁恨何能免, 銷魂獨我情何限.
인 생 수 한 하 능 면, 소 혼 독 아 정 하 한.

故國夢重歸, 覺來雙淚垂.
고 국 몽 중 귀, 각 래 쌍 루 수.

高樓誰與上? 長記秋晴望.
고 루 수 여 상? 장 기 추 청 망.

往事已成空, 還如一夢中.
왕 사 이 성 공, 환 여 일 몽 중.

주 銷魂(소혼) : 혼이 육신을 떠남. 長記(장기) : 오래 기억함. 還(환) : 여전히.

31. 낭도사浪淘沙

지난날 생각하면 애통해
눈 앞의 풍경조차 날 달랠 수 없네.
뜰엔 가을바람 불고 섬돌엔 이끼 스미네.
늘어진 주렴 말아 올린 듯 무엇 하겠나,
종일토록 찾아올 이 없는데.

궁전은 이미 묻혔고,
장대한 기상은 잡초처럼 시들었네.
날 차가운 저녁에 달 그윽하고 꽃 피었어도
궁전과 누각의 그림자,
속절없이 진회(秦淮) 비추고 있음을 생각하네.

浪淘沙

往事只堪哀, 對景難排. 秋風庭院蘚侵階.
왕 사 지 감 애, 대 경 난 배. 추 풍 정 원 선 침 계.

一行珠簾閑不捲, 終日誰來.
일 행 주 렴 한 불 권, 종 일 수 래.

金鎖已沉埋, 壯氣蒿萊. 晩涼天靜月華開.
금 쇄 이 침 매, 장 기 호 래. 만 량 천 정 월 화 개.

想得玉樓瑤殿影, 空照秦淮.
상 득 옥 루 요 전 영, 공 조 진 회.

주 只堪(지감) : ~할 수밖에 없음. 難排(난배) : 해소하기 어려움. 蘚(선) :
이끼. 一行(일항) : 일렬. 金鎖(금쇄) : 궁문에 새겨진 금색의 이어진 쇠사슬
문양. 이곳에서는 남당(南唐)의 궁전을 가리킴. 壯氣(장기) : 장대한 기상.
蒿萊(호래) : 원의는 쑥과 명아주이나 이곳에서는 야초 내지 잡초의 의미로
쓰임. 秦淮(진회) : 강소성(江蘇省) 남경(南京) 쪽으로 흐르는 양자강의 지류.

32. 우미인虞美人

봄꽃과 가을 달 언제 다하고
지난 일 또 얼마나 알겠는가.
어제 밤 작은 누각엔
또 동풍이 불었으니
달 밝은 날엔
고국으로 차마 고개 돌리지 못하겠구나.

조각한 난간과 옥섬돌은 그대로이건만
좋았던 얼굴만 바뀌었구나.
그대에게 묻노니
얼마나 많은 시름이 있소,
난 봄 강물이
동쪽으로 흐르는 것 만큼이라오.

虞美人

春花秋月何時了,　　往事知多少.
춘 화 추 월 하 시 료,　　왕 사 지 다 소.

小樓昨夜又東風,　　故國不堪回首月明中.
소 루 작 야 우 동 풍,　　고 국 불 감 회 수 월 명 중.

雕欄玉砌依然在,　　只是朱顏改.
조 란 옥 체 의 연 재,　　지 시 주 안 개.

問君都有幾多愁,　　恰似一江春水向東流.
문 군 도 유 기 다 수,　　흡 사 일 강 춘 수 향 동 류.

주 了(료) : 다하다. 往事(왕사) : 지나간 일. 多少(다소) : 얼마. 故國(고국) : 조
국. 이곳에서는 남당(南唐)을 가리킴. 不堪(불감) : 차마~하지 못함. 雕欄(조
란) : 조각된 난간, 화려한 난간. 玉砌(옥체) : 옥으로 만든 섬돌. 依然(의연) : 예
전 그대로. 只是(지시) : 단지~일 뿐이다. 恰似(흡사) : 마치~인 것 같음.

33. 낭도사령浪淘沙令

발 너머 비는 주룩주룩
봄기운은 다해 가고,
비단 이불 덮어도 새벽 한기 가시지 않네.
꿈에선 나그네 신세인 것 잊고,
잠시 즐거움을 탐했다네.

홀로 난간에 기대지 마오.
끝없이 펼쳐진 고국의 산하.
떠나긴 쉬워도 다시 보긴 어려워라.
떨어진 꽃잎은 흐르는 물 따라 가는 것이니,
한 생이 하늘과 속세를 오갔네.

浪淘沙令

廉外雨潺潺, 春意將闌.
염 외 우 잔 잔, 춘 의 장 란.

羅衾不暖五更寒. 夢裏不知身是客, 一餉貪歡.
나 금 불 난 오 경 한. 몽 리 부 지 신 시 객, 일 향 탐 환.

獨自莫憑欄, 無限關山, 別時容易見時難.
독 자 막 빙 란, 무 한 관 산, 별 시 용 이 견 시 난.

流水落花歸去也, 天上人間.
유 수 락 화 귀 거 야, 천 상 인 간.

주 潺潺(잔잔) : 물소리. 이곳에서는 비 오는 소리를 의미. 將闌(장란) : 다해감. "란"은 다하다. 羅衾(나금) : 비단이불. 五更寒(오경한) : 새벽의 추위. "오경"은 새벽 3~5시를 이르는 말. 一餉(일향) : 잠시, 잠깐 동안. 莫(막) : ~하지 말라. 關山(관산) : 원의는 고향이나, 이곳에서는 고향의 산하를 의미. 流水落花(유수낙화) : 흐르는 물이 떨어진 꽃을 실도 감. 한번 가면 되돌아오지 않는다는 의미. 天上人間(천상인간) : 하늘과 속세를 오갔다는 의미로, 작가가 겪은 엄청난 신분의 변화를 이름.

34. 오야제烏夜啼

말없이 서쪽 누대 오르니
하늘엔 초승달,
오동나무 드리워진 적막한 정원은
청량한 가을 기운에 잠겨 있네.

잘라도 끊어지지 않고
다잡아도 헝클어지는 것은
이별의 근심이니
딴 생각이 마음에 있어서이네.

烏夜啼

無言獨上西樓, 月如鉤. 寂寞梧桐深院, 鎖淸秋.
무 언 독 상 서 루, 월 여 구. 적 막 오 동 심 원, 쇄 청 추.

剪不斷, 理還亂, 是離愁, 別是一般滋味在心頭.
전 부 단, 이 환 란, 시 리 수, 별 시 일 반 자 미 재 심 두.

주 理還亂(이환란) : 정리해도 계속 어지러워짐. 一般(일반) : 한 가지, 일
종의. 滋味(자미) : 심정, 기분.

작품 앞에서 하루를 응시하고 지낸 날들……

호수의 잔물결을 바라보듯 가만히, 고요히 응시한 날들이 있었다. 단 한 편의 사 안에서 하루를 보낸 날도 있었다. 하나의 이미지에 붙들려 며칠을 빈둥거리듯 놀다가 찾아낸 적확한 단어, 가물거리긴 하나 여전히 희미한, 선명하게 다가오지 않는 언어 속에서도 그러나 행복했다. 운문을 다듬는 작업은 그러한 것이었다. 어떤 이미지로는 떠오르나 쉽게 찾아지지 않는, 잡힐 듯 잡히지 않는 숨바꼭질 같은, 그것이 그동안 수고의 힘겨움과 즐거움이었다. 나는 높은 누대에 기대어, 때로 그윽한 정원에서, 그리고 저물 무렵 화당에서, 봄과 가을 그 저녁과 밤의 고즈넉함 속에서 더러 쓸쓸하고 괴로웠다.

오래 전 시 쓰기를 그만두었다. 아니 단 한 번도 그 세계에서 벗어난 적은 없었다. 다만 내 안에서 혼자 놀다 집으로 돌아갈 뿐이었다. 이 사를 다듬으며 한때 시가 전부였었던 때를 생각했다. 단 한두 편의 작품 앞에서 하루를 응시하고 지낸 날들 동안 행복했다. 그때 만개한 꽃이 바람에 꽃잎을 내쳤고, 꽃 진 자리는 잎이 돋아나고 있었다. 작품 속의 시절 속에서 그 현실적 풍경과 같이 살고 있었으니 시의 정경이 저절로 다가와서 감개무량했다. 그 무렵 서대문 형무소 뒤 안산을 올랐다. 앞은 형무소요, 뒤는 꽃 만발하고 바람에 지는 꽃잎의 수를 헤아릴 수 없었으니......, 안산을 걷는 그 하루가 시의 풍경으로 겹쳐져 산책의 의미가 다르게 느껴졌다.

38수의 작품들은 정해진 운율에 맞춰 가사를 지어야 했기 때문에 무엇보다 표현에 있어 자유로울 수 없겠구나 생각했지만, 사랑하는 임에 대한 그리움, 나라를 빼앗긴 한, 결코 돌아갈 수 없는 고국에의 그리움, 거기다가 무위자연 속에서의 자유까지 담고 있었으니, 정해진 형식 안에서 다양한 주제를 담고 있어 실로 놀라지 않을 수 없었다. 거기다가 사를 지은 사람이 남성임에도 불구하고 여성적 관점으로 표현한 점, 한 나라의 군주라는 점도 놀라울 정도로 서정적 정취가 깊었다. 특히 폐위된 몸이 되어 돌아갈 수 없는 고국에의 한을 표현한 장면은 무척 감동적이었다.

이 작품을 다듬으며, 900년대 후반기의 사를 현대적 언어로 표현함에 있어 한계가 있었으나 보다 현대적으로 표현하기 위해 애썼으며, 더러 연과 행을 자유롭게 배치하기도 했다. 그리고 글을 다듬으며, 특히 운문에 있어 조사의 유무와 변화에 따라 의미가 얼마나 달라질 수 있는지를 알게 됐고, 조사의 의미에 대해 공부하는 계기가 되었다. 문장을 엮어 주고 풀어 줌이,

조사의 역할을 어디에 어떻게 두느냐에 따라 문장이 변화된다는 선명한 깨달음을 얻었다.

권용호 박사님을 만나지 않았더라면 이런 작품이 세상에 있는지 평생 모르고 살았을 것이다. 멀리 있어서 메일과 문자로 주고 받으며 작업하는 동안 즐거웠다. 박사님께 진심으로 감사드린다.

시집 초간본 열풍이 불어 시를 찾는 독자들이 증가하는 추세와 때를 같이 하여 이 사집이 많은 사람들에게 널리, 많이 읽히기를 바란다.

2017년 4월
윤희순

이경(李璟 ; 916-961)

오대십국(五代十國)시기 남당(南唐)의 열조(烈祖) 이변(李昪)의 장자이자 두 번째 임금. 자는 백옥(伯玉)이고 초명은 이경통(李景通)으로, 서주(徐州) 사람임. 943년 즉위하여 대외확장 정책을 펼쳐 초(楚)와 민(閩)을 멸망시키고 남당의 국세를 키움. 후에 국정을 제대로 돌보지 않아 부친 이변이 일군 태평성세를 무너뜨리고 후주(後周)에 신하로 복종함. 961년 46세로 세상을 떠나고 제위를 여섯 째 아들인 이욱(李煜)에게 물려줌. 그의 작품은 감정이 진솔하고 화려한 수식을 가하지 않은 것이 특징으로, 여인의 용모와 복식만을 묘사한 서촉(西蜀) 사(詞)에서 볼 수 없는 새로운 경지를 연 것으로 평가받음. 작품으로는 ≪남당이주사(南唐二主詞)≫에 4수가 전함.

이욱(李煜 ; 937-978)

오대십국 시기 남당의 마지막 임금이자 이경의 여섯째 아들. 초명은 종가(從嘉), 자는 중광(重光)임. 북송 건륭(建隆) 2년(961)에 즉위하여 송을 받들며 나라를 유지함. 개보(開寶) 8년(975)에 송이 남당을 멸하자 송의 수도 변경(汴京)으로 압송되어 우천위상장군(右千牛衛上將軍)과 위명후(違命侯)에 봉해짐. 태평흥국(太平興國) 3년(978) 7월 7일 독살됨. 사·서예·그림에 뛰어났는데, 특히 그의 사는 이백(李白)과 함께 거론될 정도로 문학사에서 중요한 위치를 차지함. 그의 사는 남당의 패망을 기점으로 전기와 후기로 나눔. 전기의 사는 화려했던 궁정생활과 여인들과의 사랑을 노래했고, 후기의 사는 참담한 심정으로 망국의 한을 노래했음. 그의 사는 부친 이경의 사풍을 이어받아 감정이 진솔하고 문장이 생동적이고 통속적이어서 사의 발전에 새로운 경지를 열었다는 평가를 받음. 작품으로는 ≪남당이주사≫에 34수가 전함.

역자 권용호

중국 남경대학교 중문과에서 고전문학을 전공, 박사학위를 받았다.
현재 한동대 객원교수로 있으면서 중국 문학과 철학 분야의 번역 및
연구에 힘을 쏟고 있다. ≪장자내편역주≫(2015), ≪그림으로 보는
중국연극사≫(2015), ≪초사≫(2015), ≪아름다운 중국문학≫(2015),
≪아름다운 중국문학 2≫(2017) 등의 번역서와 저서가 있다.

윤희순

경남 통영 출생으로 동국대 국문과를 졸업했다. 1992년 ≪자유문학≫
으로 등단하였으며, 시집 ≪앉은뱅이 섬에서≫(1999)가 있다.

꿈 속 저 먼 곳
-남당이주사 南唐二主詞-

지은이 [南唐]李璟, 李煜
역 자 권용호, 윤희순

초판 인쇄 2017년 4월 13일
초판 발행 2017년 4월 20일

펴낸곳 도서출판 역락
등 록 1999년 4월 19일 제303-2002-000014호
펴낸이 이대현
편 집 홍혜정
디자인 홍성권

주소 서울시 서초구 동광로 46길 6-6(문창빌딩 2F)
전화 02-3409-2058(영업부), 2060(편집부)
팩시밀리 02-3409-2059
e-mail youkrack@hanmail.net
역락블로그 http://blog.naver.com/youkrack3888

ISBN 979-11-5686-902-3 03820

* 책값은 뒤표지에 있습니다.
* 잘못된 책은 구입처에서 바꿔 드립니다.

이 도서의 국립중앙도서관 출판예정도서목록(CIP)은 서지정보유통지원시스템 홈페이지(http://seoji.nl.go.kr)와
국가자료공동목록시스템(http://www.nl.go.kr/kolisnet)에서 이용하실 수 있습니다.(CIP제어번호: CIP2017009072)